...EUIL DES PARADIS

par

ALFRED GAUCHE

(Frontispice à l'eau-forte de Georges Griveau)

MDCCCLXXXXIV.

AU SEUIL DES PARADIS

I. Extériorité. — II. Evolution.
III. Par le Rêve.

ALFRED GAUCHE

Au Seuil des Paradis

PARIS
BIBLIOTHÈQUE DE *LA PLUME*
31, rue Bonaparte, 31

1893

I. — EXTÉRIORITÉ

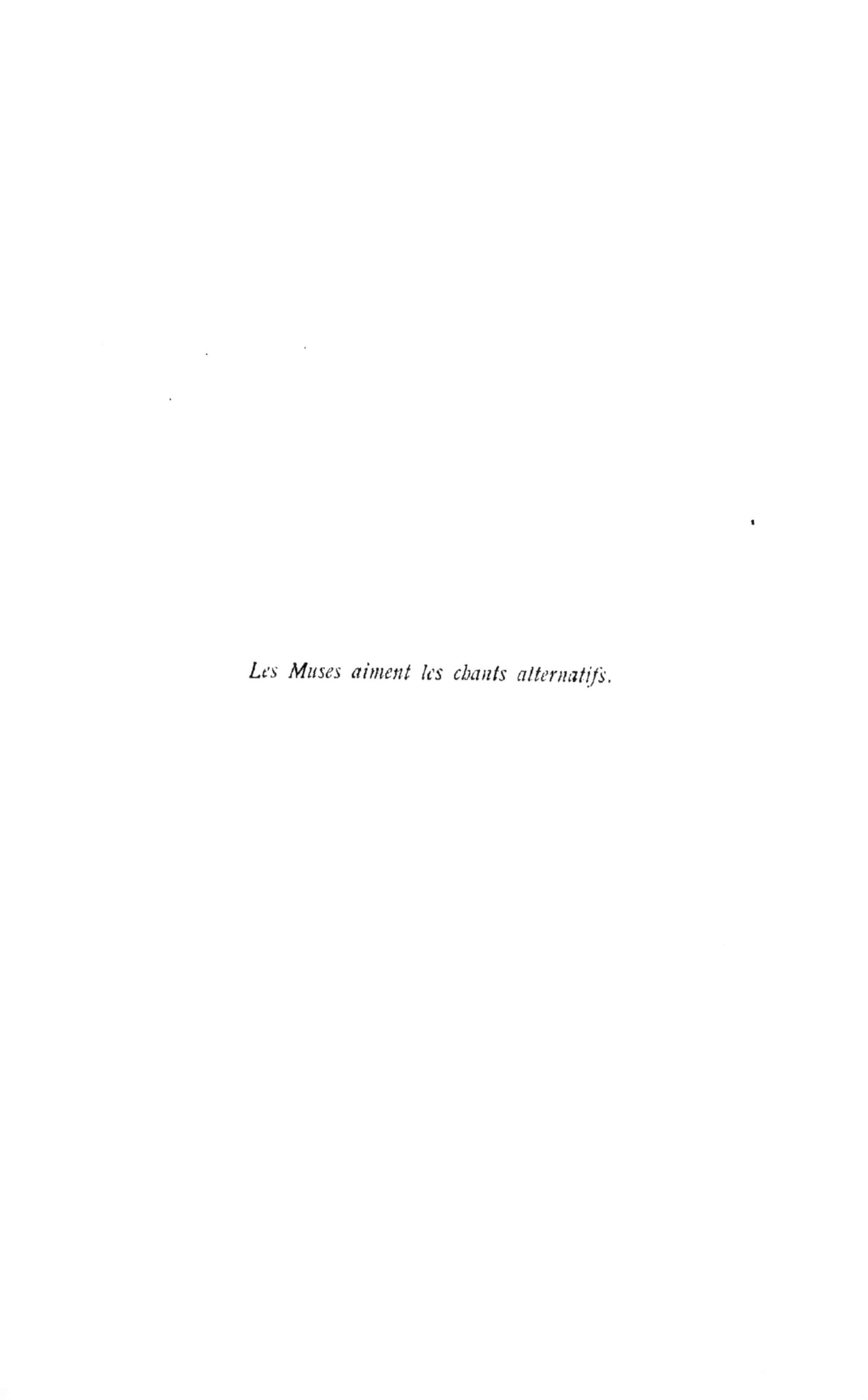

Les Muses aiment les chants alternatifs.

ÉVOCATION

O puissance ténébreuse, ô puissance occulte,
En qui j'ai mis mon espoir suprême et mon culte,
Qui fais dans mon âme en feu palpiter l'émoi,
Que ta majesté troublante étende sur moi
Le manteau consolateur, égide sacrée
Par qui la phalange des maux est massacrée.
O volupté sombre des incantations,
Dont l'essor magique vainc les tentations,
Sois l'asile vénérable et sois le refuge
De mon cœur enténébré, de mon cœur transfuge,
Qui pour les sentiers déserts a quitté le camp
Des légendaires vertus, et l'air suffocant
Pour la recherche de la subtile atmosphère.
Mon esprit reste déçu : pour le satisfaire,
J'ai tenté d'escalader l'horizon des cieux,

J'ai scruté les antres noirs et silencieux
Qui dérobent au regard des vaines prunelles
La splendeur des vérités qui sont éternelles,
Mais que l'œil humain ne peut même apercevoir.
J'ai cherché le consolant chemin du devoir
Et l'absolu : mais — dans les espaces funèbres —
Hélas, je n'ai rencontré que d'âpres ténèbres,
Et l'ombre a stigmatisé d'un cruel affront
L'espérance qui planait encor sur mon front.
La chute de l'idéal dont j'étais avide
A fait une solitude implacable et vide,
Et je sens rouler mon âme en le gouffre amer
Du néant — plus affamé de mort que la mer.

    O mes frères, qui souffrez le même martyre,
Qui pleurez les mêmes deuils, et que l'ombre attire
Loin de l'œil des satisfaits et des résignés,
Puisqu' évocateurs du Bien vous vous indignez
Que le Mal soit dans vos cœurs et qu'il vous cisaille
Sourdement comme d'une injuste représaille,
Venez dans le pur séjour où la fixité
Des divins fakirs évoque une éternité

Plus légère que l'azur de l'encens mystique
Qui dans les temples s'enroule aux fleurs du portique,
Et vos âmes dormiront dans l'extase — ainsi
Que les âmes des morts dans l'oubli du souci —
Et l'heure sera magique, impalpable et brève,
Puisque vous vivrez dans le paradis du rêve.

SYMPHONIE MYSTIQUE

Lorsque l'ombre — ombre d'idéal, d'où l'extase s'élance —
Eut versé sur la cathédrale un religieux silence,
Et lorsqu'eut cessé le chant des harpes et des psaltérions,
Je descendis — l'œil encor plein de mystiques visions —
Vers ce jardin, le plus exquis jardin de la Touraine,
Celui — plein de fleurs et d'oiseaux — dont une fée est la reine,
Et dont le roi, pendant les nocturnes fêtes de l'amour,
Est le beau paladin tant chanté par l'antique troubadour.
La lune, éprise de mystère, versait une douce neige
Argentée, et l'azur des lacs frissonnait d'un arpège
Susurré par les mille voix des choses en éveil.
Le marbre des statues pâlissait au contact vermeil
Du mystérieux baiser — si doux — des amants invisibles ;
D'alanguissantes voluptés parfumaient les gazons paisibles,
Et — comme pour éclairer l'extatique chemin des amants —

L'œil des fleurs scintillait du pâle sourire des diamants.
    Et les roses, les roses de pourpre et les roses pâles,
Qui miraient dans les bassins profonds leurs yeux d'opales,
Chantèrent : « Nous naissons dans les vallées lumineuses d'Orient,
« Notre arôme sacré fait l'univers tout entier souriant,
« Car nous portons, dans les plis veloutés de nos pétales,
« La quintessence de la joie et l'élixir des essences vitales. »
    Et les lys purs, les lys aux cœurs d'or, les lys royaux,
Enchâssés dans leur gaîne d'azur, mystiques joyaux
Ciselés par quelque main d'orfèvre géniale,
Soupirèrent : « Le monde a vanté la pureté liliale.
« La chasteté de nos pistils, et notre calice odorant, où vient boire
« L'âme — d'idéal altérée — ainsi qu'en un divin ciboire ;
« Et nous sommes le pieux symbole vénéré
« Des aspirations mystiques, et le signe préféré
« Que la vierge cueille et respire. »
                    Alors l'impérial chrysanthème :
« Je suis fils du Ciel ; le divin Daïri me dit : je t'aime,
« Je vis parmi le rêve et la couleur, et dans la joie.
« Ah, les mignonnes mousmés qui me piquent sur la soie
« Eclatante, où les grands ibis contemplent des azurs de paradis !

« L'invraisemblable fantaisie est mon royaume ; je grandis
« A l'ombre des palmiers hautains, sous la lumière d'or, et ma gloire
« Est sculptée aux temples de bronze ou sur le délicat ivoire. »
    Et les cyclamens, semblables aux lettres de granit
Qui sur les pierres d'Egypte chantent les exploits de Rhamsinit
Et de Rhamsès, ces fleurs étranges, ces fleurs d'emblèmes,
Mêlèrent leur voix prophétique à la voix d'or des chrysanthèmes :
« Nous connaissons, au bord des lacs silencieux,
« Une retraite — asile impénétrable — où la splendeur des cieux
« Se reflète, un coin d'azur limpide où baignent les étoiles
« Innombrables, et c'est là que s'entrouvent les voiles
« Des mystères ; c'est là que dans les temps la pâle Isis
« Evoqua le secret des mages venus des lointains oasis,
« Et c'est là que les dieux cachés des religions antiques
« Ont célébré leur gloire en des rythmes cabalistiques. »
    Alors dans ce concert des fleurs tout-à-coup la brise parsema
Comme un murmure de harpes : « O père des choses, ô Brahma,
« Chantèrent les blancs lotus, toi dont la caresse féconde
« Engendra la genèse universelle et créa le monde,
« Toi qui conserves les univers, toi qui diriges les destins,
« C'est nous dont la chasteté sur tes quatre fronts hautains

« Brille, et dont l'immortelle douceur comme une brise sacrée
« Te caresse — Et toi, Raison suprême, par la Science consacrée,
« O grand Çakyamouni, que le Ramayana vainqueur
« A célébré, nous palpitons éternellement sur ton cœur. »
Et, comme de partout montaient des musiques incertaines,
Je vis venir les purs esprits des montagnes lointaines,
Ceux qui, séparés du monde et des importuns,
Rêvent aux splendeurs mortes des siècles éteints
Sur les tombeaux des preux couchés dans quelque antique galerie,
A ces temps où germait la fleur d'amour de la noble chevalerie,
Quand les douces damoiselles passaient avec les fiers damoiseaux
Sous les noirs sapins, près de la cascade des oiseaux.
Et les ombres de ces esprits, pieusement évocatrices,
Chantèrent à la louange des Rosalindes et des Béatrices
Un cantique d'où la légende altière s'envolait.
Et, cependant que l'harmonie universelle se mêlait
Dans les airs aux parfums évaporés des lancinantes jacinthes,
La lune d'or, baisant sur les vitraux les images des saintes,
Parsemait de clartés exquises et de mystiques visions —
Pleines encor du chant des harpes et des psaltérions —
L'ombre — ombre d'idéal, d'où l'extase s'élance —
Qui versait sur la cathédrale un religieux silence.

NOTRE CŒUR

Nous versons de subtiles larmes
Sur d'imaginaires alarmes,
Et — poètes émaciés —
Nous laissons les folles tendresses
Pénétrer dans les forteresses
De nos cœurs ceints de durs aciers.

Nos angoisses sont éphémères
Comme la rigueur des frimaires
Ou l'éclat des blonds messidors :
Mais — près des ténèbres moroses —
Fugitif sourire des roses,
C'est dans notre âme que tu dors.

Car la douceur de vivre est celle
Qu'une extase sainte recèle
Dans la volupté de nos cœurs,
Quand nos hymnes évocatrices
Ont sur le deuil des cicatrices
Fait éclater les ors vainqueurs.

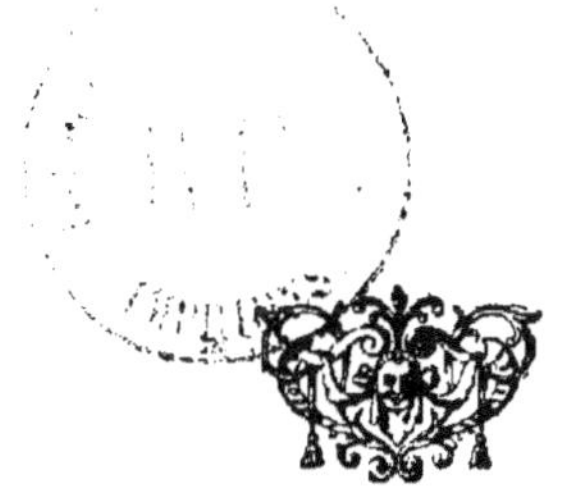

CHOSES MORTES

L'ESPÉRANCE nous meurtrit et nous leurre,
Puisqu'ici-bas rien ne vient à son heure
Et que nous pleurons éternellement
Devant les débris d'une joie éteinte,
Quand le souvenir dans notre âme tinte
Comme le tocsin d'un vague tourment.

Hélas, rien avec mon cœur ne concorde ;
Le dissentiment l'obsède, et la corde
Vibrera toujours qui sonne le glas
De l'amour défunt et des choses mortes
Qui furent ma vie et que tu m'apportes,
O ressouvenir langoureux et las !

Les espoirs vécus passent dans mon rêve,
Tel le flot rongeur pose sur la grève
Avec les lichens des débris touchants ;
Et des frissons de bonheurs éphémères
Remontent alors dans le cœur des mères
Dont l'océan fauve a pris les enfants.

DÉCLARATION

Mon âme est asservie à ton âme ; je t'aime
Eperdûment, avec l'orgueil de l'anathème
Sur tout ce qui n'est pas notre amour, et mon cœur
Est là, dans les rayons de ton regard vainqueur.
C'est au fond de tes yeux adorés que palpite
Ma vie et que mon sang bat et se précipite ;
Car mon âme est en toi, car tes lèvres ont fait
Ce miracle, que tout mon être est satisfait
Quand je te vois et que le deuil de ton absence
Ferme mon cœur rebelle à toute autre puissance.
Quand tu n'es plus devant mes yeux, le ciel se clôt,
Le désespoir agite en moi son noir complot,
Et la nature me paraît plus monotone
Que les feuilles qu'emporte un âpre vent d'automne.
La solitude est dure à mon cœur — lacéré

D'angoisses ; pour t'avoir près de moi, j'essaierai
L'impossible ; cachés aux regards de la terre,
Je voudrais t'aimer dans le langoureux mystère
D'un paradis inaccessible aux pieds humains,
Et que notre âme n'ait souci des lendemains.
   Sous le ciel d'or, et près du sourire des roses,
Nos bouches confondraient leurs ivresses moroses,
Et le calme des fleurs mystiques verserait
Dans nos veines l'oubli du remords indiscret.
Et nous serions les dieux que protégent des toiles
De pourpre, et le ciel bleu sèmerait plus d'étoiles
Sur nos fronts — dans le pur silence ensevelis —
Que sur les rois la majesté des fleurs de lys.
La volupté des nuits limpides serait telle
Que nos deux cœurs iraient vers la sphère immortelle
Des légendes, parmi les chevaliers hautains,
Dans la forêt mystérieuse des lutins,
Quand la lune enchantée — à l'heure évocatrice —
Met un sourire dans les yeux de Béatrice,
Et que la voix des fleurs chante sur le chemin
Des amoureux le doux cantique de l'hymen.

Et mon amour te bercerait dans un tel rêve,
Que l'extase de nos délires serait brève
Et profonde, et que le souvenir du baiser
Lancinant ne pourrait dans l'ombre s'apaiser.

PRÉDICTION

O ténèbres, venez à moi :
Je suis épris des solitudes
Et veux y cacher mon émoi
Pour l'aube des béatitudes...
O ténèbres, venez à moi.

L'idéal qui règne en mon cœur
Et dont la grâce m'est promise
Est un ineffable vainqueur :
J'exalte, dans ma nuit soumise,
L'idéal qui règne en mon cœur.

Voici le royaume des cieux :
J'y laisse voler mon extase
Et mes rêves audacieux ;
Que l'ombre intangible s'embrase :
Voici le royaume des cieux.

L'heure prophétique a sonné,
Cette heure que j'avais prédite,
Où le mal sera pardonné,
Puisque — sur la terre maudite —
L'heure prophétique a sonné.

AGONIE

L'ANGOISSE étreint mon cœur, et les choses rêvées
S'envolent — feuilles d'or par le vent soulevées.
L'arbre de mes espoirs s'effeuille ; la saison
N'est plus des rêves bleus qui hantaient ma maison
Et mettaient comme une auréole diaphane
Autour des choses, car la fleur d'amour se fane.
Tout est flétri : mon cœur est sec, les visions
M'obsèdent lourdement de mes illusions
Défuntes, et partout le nombre s'amoncèle
Des cadavres que l'ombre implacable recèle.
Tout ce que j'ai fait mien, tout ce que j'ai bercé
Dans mon cœur — par l'amour des rêves transpercé —
Tout ce que j'ai pétri de mon sang, la chimère
Amoureuse, l'espoir d'une ivresse éphémère,
Ce que j'ai caressé de mes doigts palpitants,

Tout s'est brisé dans les ténèbres. — Mon printemps
Agonise ; je suis meurtri par la rafale
Des amertumes ; l'ombre impie et triomphale
M'envahit ; mon esprit par le néant vainqueur
Est dompté : je n'ai plus d'espoir au fond du cœur.

BONHEUR CACHÉ

JE voudrais vivre près de toi
Dans une volupté troublante
Dont l'ivresse — musique lente —
Bercerait notre doux émoi...
Je voudrais vivre près de toi.

Parmi les rythmes langoureux
L'éclat d'un sonore cantique
Verserait l'extase mystique,
Emportant nos cœurs amoureux
Parmi les rythmes langoureux.

Nous irions, la main dans la main,
Vers les ivresses éternelles :
Nos âmes resteraient fidèles,
Puisque — tout le long du chemin —
Nous irions, la main dans la main.

Ton cœur battant près de mon cœur,
Consumés par les mêmes flammes,
Nous laisserions fondre nos âmes
Dans un baiser d'amour vainqueur,
Ton cœur battant près de mon cœur.

Notre mystérieux secret
Serait le dieu caché du temple
Qu'aucun profane ne contemple,
Et nul œil ne soupçonnerait
Notre mystérieux secret.

POISON D'AMOUR

Comme un subtil poison de flamme
Ton amour m'entre dans le sang,
Et sa lancinance descend
Dans les abîmes de mon âme.

L'âpre volupté que j'acclame
Est mon doux vainqueur tout-puissant :
Comme un subtil poison de flamme
Ton amour m'entre dans le sang.

Si la raison pure me blâme
Qu'importe à mon cœur frémissant,
Puisque ton sourire enlaçant
Dans mes veines coule et se pâme
Comme un subtil poison de flamme !

REFUGE

Vous qui voyez nos fronts pâlis par les chimères
Et nos cœurs déchirés de névroses — ô mères —
Ayez souci de la douleur de vos enfants.
Tant que leur joue est fraîche et leurs yeux triomphants,
C'est bien : laissez la vie accomplir sa loi sainte,
Et le lys germera dans l'invincible enceinte
Des vertus — car la force égrène dans les cœurs
L'essence des virils apaisements vainqueurs.
Mais si vos fils ont vu passer l'ombre mystique
Dont la sérénité lancinante critique
L'illusion que vous mettez dans leurs cerveaux,
Si le Mal — découvrant des horizons nouveaux —
Irrésistiblement nous entraîne aux abîmes,
O mères qui veillez, mères aux cœurs sublimes
Qui lisez la douleur dans notre œil soucieux,

Pour apaiser nos fronts faites-nous voir les cieux.
Ne laissez pas la fleur du mal prendre racine,
Et — dès que la première atteinte se dessine —
Comme un poison qu'extirpe un remède de fer,
Ouvrez l'azur des paradis sur notre enfer.
          O femmes, c'est le rôle exquis de vos tendresses
D'adoucir les douleurs — que vous soyez maîtresses
Ou mères, que les yeux qui pleurent soient des yeux
D'innocence ou des yeux de remords anxieux ;
C'est votre rôle d'être aimantes et de lire
La torture qui nous abat et le délire
Né du deuil écrasant de nos illusions.
Vous avez pour la plaie et pour les lésions
De l'âme un baume fait d'essences souveraines,
Qui clôt la cicatrice accablante des haines
Et qui met dans nos cœurs — alors que nous souffrons —
Un peu de rayon d'or qui brille sur vos fronts.

ANGÉLUS

Les cloches sont les voix des saints
Qui nous appellent dans l'espace,
Et leur âme vibrante passe
Avec le rythme des tocsins.

Le calme des temples enchâsse
La candeur des Éliacins...
Les cloches sont les voix des saints
Qui nous appellent dans l'espace.

Vainqueurs des moroses desseins,
Les purs Angélus ont la grâce
De la clarté d'or qui trépasse,
Quand ils vont à Dieu par essaims...
Les cloches sont les voix des saints.

EFFLEUREMENT

Mon esprit est martelé par de lancinantes musiques,
Et les rythmes extasiants qui jaillissent des choses physiques
Se mêlent dans mon âme aux doux murmures imprécis
Et chantent l'épopée hautaine où vibrent d'éclatants récits.
L'obsession m'étreint des vagues et subtiles cantilènes,
Et je sens glisser sur ma chair d'énervantes haleines
D'amour, qui soulèvent ma torpeur de fiévreux frissons.
O langueur désespérante des unissons,
Mon triste cœur défaille, quand tu passes —
Insaisissable — parmi l'ombre vague des espaces,
Et tu frôles les amertumes qui sommeillent, si légèrement
Que dans la meurtrissure de mon âme un subtil enivrement
S'élève, presque une joie, une joie incertaine
S'harmonisant avec la douleur assoupie et lointaine.
Et mon âme se berce — alanguie — en un tel rêve

Que ni la voix profonde des vagues qui s'écrasent sur la grève,
Ni le terrifiant cliquetis nocturne des blanches armures
Ne parviennent à couvrir la volupté des imperceptibles murmures.
L'âpre subtilité des pâles accords
M'enivre ; je tressaille aux déchirants appels des cors
Qui remplissent de mélancolie et de larmes les forêts,
Les douces forêts silencieuses, amantes des chastes secrets.
Troubler le mystère des nymphes et le blanc sortilège
Des dryades, n'est-ce pas un irréparable sacrilège ?
Laissez les asiles sacrés de verdure aux divinités
Protectrices, n'effrayez pas avec de discordantes sonorités
Leur paix auguste, respectez leur vénérable silence,
Et leur grâce effleurera dans le sommeil votre indolence.

      Vers le soir, au jour tombant, quand le bois est solitaire,
J'aime errer sous les arceaux où s'accroche tant de mystère,
Et — grisé par les mille émanations mystiques de l'automne —
Je promène dans la langueur du crépuscule un rêve monotone.
Alors je suis comme frôlé par un subtil effleurement
Des choses, tandis que la nature frémit dans un palpitement
Universel, et que les fleurs égrènent dans les airs
Des quintessences d'arômes qui parfument les sentiers déserts.

L'humble mousse ruisselle des larmes vierges des diamants ;
Mille petites étoiles enchâssent la trace du pas langoureux des amants,
Cependant que l'indécision des ressouvenirs bat le sang de mes veines,
Et que mon esprit déçu court après des images vaines,
Blanc fantôme qui se dérobe, impalpable et décevant.
    Là-bas, sous la caresse amoureuse du vent,
Les roseaux tendrement soupirent, et leurs hymnes saintes
Parfument le sommeil des pâles jacinthes
Et bercent l'effondrement des humaines douleurs.
Est-il rien de plus apaisant que la voix rêveuse des fleurs ?
L'oubli qu'elle verse en nous, n'est-il pas un baume
Céleste ? elle ouvre aux esprits fervents le seuil d'un royaume
Incomparable, où la volupté — qui descend des astres vainqueurs —
Chasse les effrois latents et calme la fièvre des cœurs.
Ah, l'anéantissement des tortures et des supplices
De mon âme, l'oubli de vivre germe au fond de vos calices,
O fleurs d'amour, fleurs idéales ; quand je vais
A votre enivrement, le monde s'écroule et les instincts mauvais
Disparaissent : le seul contact de vos effluves condensées
Transfigure le ténébreux abîme de mes pensées ;
Le crépuscule s'éclaire, une aube lointaine apparaît,

Qui — dans les profondeurs dolentes de la forêt —
Fait germer sur le seuil d'azur des exquises promenades
Comme un discret soupir de mystérieuses sérénades.
Des chants s'éveillent et montent, si graves et si longs
Qu'ils font trembler d'amour l'âme pure des violons
Et que la voix des harpes pleure de vibrantes larmes sereines.
Les flûtes pastorales versent aux hymnes souveraines
Leur douceur, l'apaisant murmure des hautbois
Fait tressaillir la chasteté langoureuse des bois,
Et le chant de mon âme se mêle au chant des choses physiques...
Mon esprit est martelé par de lancinantes musiques.

RONDEL NUPTIAL

Dans le silencieux domaine
Voici germer les rêves d'or :
Au pays bleu du matador
L'Amour extasié nous mène.

Sous le balcon de l'inhumaine
L'amant chante : Je suis Lindor...
Dans le silencieux domaine
Voici germer les rêves d'or.

La Chimère qui nous malmène
Dans les clairs espaces s'endort,
Puisqu'au soleil de messidor
Rodrigue a conquis sa Chimène
Dans le silencieux domaine.

REPRÉSAILLES

VOICI l'heure du châtiment ;
Le mépris dédaigeux attire,
Fatal amour, un dur martyre :
J'ai bravé ton ressentiment...
Voici l'heure du châtiment.

Ce triste cœur — que je gardais
Des défaillances naturelles —
A senti le choc de tes ailes :
Il court après des farfadets,
Ce triste cœur que je gardais.

Mon amour de flamme est déçu ;
Ah, si la langueur des verveines
Versait dans le sang de mes veines
L'oubli du beau rêve aperçu !
Mon amour de flamme est déçu...

ISOLEMENT

La lèvre des fleurs s'est ouverte
Au baiser nuptial des cieux ;
Le lys écarte — radieux —
Son corsage de moire verte.

Puisque ton âme s'est offerte,
Cueillons l'amour mystérieux...
La lèvre des fleurs s'est ouverte
Au baiser nuptial des cieux.

Nous irons à la découverte
Sous les astres silencieux,
Loin des tourbillons soucieux,
Car — dans la campagne déserte —
La lèvre des fleurs s'est ouverte.

DERNIERS RAYONS

Le clair soleil réchauffe encor
Les gazons de la forêt verte :
Malgré les longs appels du cor,
Le clair soleil réchauffe encor.
Dans l'incomparable décor
De la campagne découverte
Le clair soleil réchauffe encor
Les gazons de la forêt verte.

Le froid pique et l'hiver descend
Sur la pâleur du chrysanthème :
Le vent joyeux fouette le sang ;
Le froid pique et l'hiver descend.
Viens, mon cœur est jeune et puissant ;
Il te dira combien je t'aime...
Le froid pique et l'hiver descend
Sur la pâleur du chrysanthème.

Je suis le seigneur sans-souci,
Puisque l'astre d'or étincèle :
Mon esprit sombre est adouci ;
Je suis le seigneur sans-souci.
Egarons-nous tous deux aussi
Parmi la joie universelle...
Je suis le seigneur sans-souci,
Puisque l'astre d'or étincèle.

Profitons des derniers rayons,
Avant que vienne neige ou glace ;
De courir nous nous égayons :
Profitons des derniers rayons.
Le seul bonheur que nous ayons
A besoin de si peu de place !
Profitons des derniers rayons,
Avant que vienne neige ou glace.

RÉSISTANCE

Lorsque descend la paix langoureuse des soirs,
Mon âme se complait dans l'extase dolente
Evaporée au souffle ardent des encensoirs.

L'âpre déception des principes s'implante,
Qui verse dans mon cœur son plus subtil poison :
Mon âme se complaît dans l'extase dolente.

La vanité se manifeste, et ma raison
Résiste à la fatalité des lois humaines,
Qui verse dans mon cœur son plus subtil poison.

Mon âme vit dans le rêve des purs domaines ;
Elle fuit la terreur d'un lamentable effort,
Résiste à la fatalité des lois humaines

Et vole vers l'Amour, l'intime réconfort ;
Mais au plaisir ma chair paresseuse est rebelle :
Elle fuit la terreur d'un lamentable effort.

La chasteté des nuits mystiques est si belle,
Que la langueur de mes ivresses s'y confond :
Mais au plaisir ma chair paresseuse est rebelle.

Des regards amoureux m'enchaînent, car ils font —
Lorsque la volupté s'épand dans les espaces —
Que la langueur de mes ivresses s'y confond.

Si ton aile m'effleure, Amour, et si tu passes
Près de moi, c'est que l'heure invincible a sonné,
Lorsque la volupté s'épand dans les espaces.

L'éveil de mes désirs est presque insoupçonné ;
Si quelque obsession lancinante palpite
Près de moi, c'est que l'heure invincible a sonné.

Que mon sang vers mon cœur lascif se précipite,
Je résiste aux appels ténébreux de la chair,
Si quelque obsession lancinante palpite.

Pour contempler le doux visage qui m'est cher,
Dans l'ombre subversive — ô volupté troublante ! —
Je résiste aux appels ténébreux de la chair.

L'âpre déception des principes s'implante,
Lorsque descend la paix langoureuse des soirs
Dans l'ombre subversive — ô volupté troublante !

Evaporée au souffle ardent des encensoirs,
Mon âme se complaît dans l'extase dolente,
Lorsque descend la paix langoureuse des soirs...

RÉMINISCENCES

Bien avant d'être, j'avais déjà vécu parmi les siècles d'or...
Siècles éteints, dont le souvenir en mon âme fidèle dort,
Et dont la poussière vénérable et chaste s'exile
En mon cœur solitaire, inaccessible asile.
Siècles lumineux — pleins de gloire ou silencieux —
Que le rêve vous étreigne ou que montent jusqu'aux cieux
L'éclat de vos actions et la chimère de vos conquêtes,
Vous illuminez en moi des chapelles consacrées aux pieuses requêtes.
C'est au seuil de ce temple intime de la paix
Que s'éteint le fracas des choses et que les esprits épais
Meurent ; alors qu'en la fièvre la passive douleur s'exacerbe,
La solitude divine engendre avec les fulgescences du Verbe
Un baume de repos qui domine — vainqueur —
Les maux du corps et les torpeurs lancinantes du cœur.
    J'ai vécu dans ces temps naïfs où l'éclat des artistiques tentatives
Revêtait d'or et d'azur les saintes images primitives,

Alors qu'une ardente foi — créatrice de sublimes inspirations —
Sculptait sur les cathédrales le rêve mystique des glorifications,
Et chantait — pour calmer le deuil enténébré des multitudes —
Des hymnes d'espérance et des cantiques de béatitudes.
    J'ai vu les siècles d'action et les gigantesques combats,
Quand le choc des épées sonnait l'heure des branle-bas
Et que les preux allaient — remplis d'orgueil — aux sacrifices.
Puis j'ai marché vers les ténèbres des maléfices
Et des tortures, et mon âme s'est engourdie aux dogmes de l'erreur.
    Lorsque germait déjà le souffle avant-coureur
Des cataclysmes, j'ai triomphé dans les exquises délicatesses
D'un azur pâle, où le bannissement de toutes les tristesses
Engendrait la douceur de vivre et les amoureuses voluptés
Des préciosités langoureuses et des légères subtilités.
    Quand le rêve s'est effondré, mon cœur est demeuré solitaire,
Avide du seul repos et de l'absolu mystère,
Avec la soif d'ignorer le futur des éternelles évolutions :
Il faut vivre le présent — si morne — et méditer les intimes consolations
Du souvenir — lorsqu'il évoque la grâce des choses passées
Et la communion des âmes dans la chaîne des siècles enlacées...

FLORÉAL

Avec ton frère le Printemps
Tu jaseras de douces choses
Au premier sourire des roses,
O fillette de dix-huit ans !

Parmi les rêves palpitants,
Oublieuse des vaines proses,
Avec ton frère le Printemps
Tu jaseras de douces choses...

Tu n'auras souci des autans
Ni des colères des ventôses,
Puisqu'en dépit des cieux moroses
Tu marcheras par tous les temps
Avec ton frère le Printemps.

PALINODIE

C'EST dans le soucieux mystère du chemin
Que tu m'es apparue en toute ta noblesse ;
Si le rêve aujourd'hui me hante — plus humain —
C'est dans le soucieux mystère du chemin.
Tu tenais une fleur divine dans ta main,
Et ta démarche était celle d'une déesse...
C'est dans le soucieux mystère du chemin
Que tu m'es apparue en toute ta noblesse.

C'est dans le soucieux mystère du chemin
Que nos deux âmes ont confondu leur ivresse :
Quand nous avons rêvé l'extase de l'hymen,
C'est dans le soucieux mystère du chemin.
La volupté que nous versait le pur jasmin
Semblait une éternelle et jalouse caresse...
C'est dans le soucieux mystère du chemin
Que nos deux âmes ont confondu leur ivresse.

3

C'est dans le soucieux mystère du chemin
Que je pleure aujourd'hui sur la vaine promesse ;
Et — quand je sens glisser l'effroi du lendemain —
C'est dans le soucieux mystère du chemin.
Je descends en mon âme, et fais un examen
Désespéré — puisque ton âme me délaisse...
C'est dans le soucieux mystère du chemin
Que je pleure aujourd'hui sur la vaine promesse.

II. — ÉVOLUTION

Le public.

ÈLIMINATION

J'ai invoqué — dans l'exaspération de mes douleurs — le bienfait momentané du repos, et je n'ai pu trouver, même dans le sommeil, la réparation de mes fatigues et l'oubli des hantises. — Rien n'a répondu au cri de mes angoisses ; la Nature est restée froide, opposant son éternel silence aux rumeurs de mon âme.

J'ai tourné mes regards vers les choses extérieures : nul spectacle ne m'a pu distraire, et l'ivresse promise ne s'est pas dévoilée. J'ai voulu m'étourdir et chercher dans le fracas des apparences l'effondrement de mes torpeurs et la mort de mes désirs. Mais le néant des joies humaines s'est manifesté si terriblement à mes yeux, que j'ai préféré les larmes de la solitude aux sourires — si vains — de la foule. J'ai connu le fond de toutes choses, la science implacable de l'esprit a détruit les illusions transmises, et la froideur tombée dans mes veines est celle du médecin, dont l'œil a analysé le corps de l'homme jusque dans ses dernières cellules.

Le mal que j'endure est celui d'avoir trop vécu, celui dont meurent les civilisations exténuées et les êtres blanchis par l'expérience accumulée de vingt siècles. Il me semble que je vis depuis que le monde existe, et rien ne me sollicite. — Je ne crois plus qu'à la vanité de toutes choses.

La découverte de l'égoïsme et de l'indifférence de ceux-là mêmes qui nous paraissent attachés est la plus cruelle constatation de la bassesse de notre nature et de l'inutilité des efforts. Il y a des gens, dont l'aveuglement stupide est enviable, qui veulent mettre quand même le bien dans ce monde, et qui arrivent — à force d'abnégation sereine — à créer une illusion, qui me semblerait la plus douce, si elle n'était pas précisément l'indice de la plus décevante des exceptions. Le mensonge et la dissimulation sont devenus des principes ; l'amour — ou plutôt l'attachement sensuel — ne se mesure qu'à la somme des jouissances procurées ; tout ce qui tient à la chair, tout ce qui vient des sens est essentiellement fragile et ne relève que du caprice.

Il n'y a sur cette terre qu'une chose, un sentiment tellement pur —

mais si rare et presque divin — qu'il ne semble pas possible à l'homme d'y atteindre, et ce rêve est l'union de deux âmes. Ce n'est pas l'amitié banale, l'intérêt vague et tranquille que l'on peut égrener sur plusieurs, et dont le partage réduit ce sentiment à des parcelles si ténues, qu'il se transforme pour ainsi dire en compassion : c'est l'unique affection — qui fait de l'Amour bestial une si grande chose, mais qui reste souvent incompatible avec le lien charnel — c'est l'union de deux cœurs sublimes, la sympathie raisonnée et purifiée qui confond deux âmes en une seule, l'intime communauté des idées, des affections et des répugnances, et la perpétuelle ivresse qui supprime au regard de ceux qui s'aiment le reste de l'univers, et les fait tellement unis et tellement inséparables, que — vivant ensemble dans la douceur des dévouements et des sacrifices — ils conquièrent ensemble l'immortelle paix de leurs âmes.

Quand les sensations humaines ont acquis ce degré d'acuité qui est le résultat des transmissions séculaires, les sentiments primitifs disparaissent et tout l'effort de perfectibilité psychique se concentre sur une idée morale, dont le développement peut alors atteindre des proportions surnaturelles, à l'instar de ces fleurs gigantesques — démesurément accrues dans la chaleur épanouissante des serres. S'étonnera-t-on si, dans cette tension de toutes les facultés vers un but unique, l'équilibre général peut un jour se rompre, laissant l'esprit à la dérive frôler le seuil des dangereuses extases et des terrifiantes catastrophes ? si la Nature était plus près de nous, notre âme n'aurait pas le tourment des irréels domaines...

RÊVERIE

Vivre dans l'éternelle constatation des misères et des souffrances, analyser les tortures inévitables de tous les instants, gémir des lâches compromissions, pleurer des incessantes bassesses, frémir de l'angoisse des crimes et de l'imprévu même du Mal, — ou boire dans le Léthé des rêves d'or et des azurs chimériques l'oubli de vivre ! L'irréparable désastre des naïves joies primitives — alors qu'il était si doux de vivre et si facile d'aimer — a creusé dans mon âme un tel abîme, que rien ne la sollicite de l'extériorité déserte et qu'elle vole au suprême refuge des rêveries lancinantes et des artificiels paradis. Penser est une telle douleur, réfléchir un tel supplice, analyser une telle torture, et le spectre des idées noires me poursuit d'une si invincible menace, que je veux, loin des exigences vitales, conquérir dans les sphères inaccessibles le royaume—si langoureux—des folles chimères et des inutiles farfadets.

Vanité des vanités ! la beauté, l'intelligence, la gloire, quelle fumée ! quelle poussière ! que sait-on de tous les efforts, que reste-t-il de toutes les énergies, qu'est-il sorti de toutes les noblesses ? un tel effondrement de faits, une telle confusions de noms, un tel chaos de mémoires, que l'étonnement de si grandes choses n'a d'égal que la stupéfaction de si petits résultats. Faites le bien, tentez le grand, étonnez votre siècle, et — lorsque six pieds de terre auront anéanti jusqu'à votre souvenir — l'humanité continuera sa marche indifférente et fatale, et vous n'aurez pas avancé d'un centième de seconde l'heure du progrès. Alors sur la pierre où vous dormirez, conquérants, sages, martyrs ou philosophes, la Nature absorbante — de qui tout sort et vers qui tout retourne — désagrégera les éternelles douleurs et les somptueux éloges, la mousse envahira le deuil des marbres, et l'oiseau viendra nicher sur l'aile protectrice des croix.

Je veux, dans l'isolement absolu, planant au-dessus des fièvres de la vie factice, me retremper aux sources vives de la Nature, les yeux aux étoiles sereines. — Perdu dans le replis des montagnes, abrité par les noirs sapins, je sais un village très-antique, où les mœurs nouvelles n'ont pu pénétrer, et qui garde — comme un parfum léger—

l'odeur des époques disparues et des coutumes des ancêtres. Les
sommets des montagnes l'entourent — comme d'un cercle infranchissable — d'une couronne étincelante de glaciers, et son horizon est
fait de l'apothéose des neiges immaculées. Un torrent impétueux, qui
tombe des suprêmes plateaux, fier de naître dans les nuages, brisé
par les rochers hautains, se précipite et tombe, avec des mugisse-
ments de tonnerre, dans le fracas des avalanches et des cascades. Et
la douce immortelle des glaciers, qui fleurit dans la neige, sourit au
soleil de pourpre qui se lève, plus divine — au milieu des étranges
fleurs sauvages — que la plus resplendissante rose cultivée. Le jour,
un air pénétrant souffle des arômes inconnus, germés dans les purs
éthers ; et la nuit — quand la lune vibrante déchiquète les ombres
bizarres par des intermittences de rêveuse lumière — quelle extase
d'errer dans la vallée solitaire, sous la menace des pics surnaturels
et des massifs géants, près de l'infernale colère des cascades, dans
l'âpre volupté des mystiques demi-teintes !

Mystiques et suggestives : car les esprits semblent donner dans
ce cirque désert de mystérieux rendez-vous, et les petits ruisseaux
soupirent, effleurés par le pas langoureux des blanches fées. Qui sait
si les nobles chevaliers, morts aux lointaines croisades, ne viennent
pas rêver parfois sur les ruines majestueuses et féodales, rêver à ces

temps d'amour où la blonde châtelaine se lamentait des douloureuses absences, dans le souvenir des baisers disparus, rêver à ces temps de guerre, rêver à toutes ces choses mortes ?....

C'est là qu'ont vécu mes aïeux : j'ai la nostalgie de ce paradis solitaire.

PASSIVITÉ

PLUS je vais dans le chemin de la douloureuse expérience, plus
je constate avec effroi la profondeur de l'abîme qui sépare les
aspirations de l'âme de l'objective réalité des choses humaines. Mon
cœur a de si grands projets et de si vastes désirs que, lorsque —
ébloui des clartés intérieures par qui le reflet des mondes se transfigure — je reporte ma vue sur l'extériorité vivante, mes regards ne
distinguent autour de moi que des apparences. Et le désespoir me
saisit de l'immatérialité flagrante des rêves — si tendrement cares-
sés par l'irréelle chimère — et mon esprit pleure l'éternel combat des
incompatibilités invincibles. Alors, pourquoi lutter ? si les folles
résistances de l'esprit ne peuvent qu'aggraver le péril des chocs et
l'angoisse des compressions, ne vaut-il pas mieux se réfugier dans le
calme des résignations plutôt que de consumer sa raison dans
l'impuissance des fièvres ? Dédaigneux des mornes défaillances et
des lâches superstitions, en attendant la Mort libératrice et l'inconnu

sauveur, j'invoque — dans la paix des solitudes — les secrètes consolations qu'égrènent les étoiles, et qui seront le baume sacré de mes douleurs et le remède de mes plaies.

Quand le néant des faits et la vanité des gestes humains nous sont clairement apparus, nulle ambitieuse pensée ne peut hanter l'âme passive ; la supériorité du rêve se manifeste, et l'esprit s'endort dans une indolente philosophie. L'intime contemplation des voix intérieures et des complexités psychiques, qui nous révèle de si ardentes affinités avec un monde surnaturel, mène l'esprit curieux à l'examen passionnant des choses inconnues, à peine soupçonnées, et comme dissimulées par un voile insaisissable qui ne laisse entrevoir que la forme irritante des ombres. Et l'âme se noie dans la synthèse des âmes, évoquant les purs espaces dans la beauté primitive des symboles. Alors se dévoile à l'esprit ébloui la mystérieuse genèse des essences et l'obscure spontanéité des germes. Et tandis qu'éclate l'immortalité des principes, la fausseté se dégage des dogmes acceptés, et les lois admises — contredites par d'évidentes vérités — s'évanouissent en poussière. Sur les ruines accumulées des artificielles traditions et des ignorances séculaires, un temple s'élève — majestueux — où dans le Saint des Saints le calme de la Vérité repose. Arche de Foi, tabernacle éclatant d'Amour, c'est sur son

autel sacré que plane la Lumière. De pures légions d'esprits l'en-
vironnent, et l'Eternité passe — légère — dans la vibration des
psaumes et des cantiques. Au seuil du temple meurt la puérile com-
plexité des religions humaines et le mensonge de nos illusions.
Dégagée de l'effroi des vicissitudes et des tortures, et réalisant tant
d'inaccessibles désirs, l'âme apaisée se confond dans l'essence des
clartés immatérielles et des joies mystiques.

O pures ivresses du rêve, enchantement divin de l'oubli de tout,
ô doux sommeil du souvenir ; le bonheur ici-bas n'est qu'un mirage,
puisque — dans les heures si rares de l'éphémère enivrement — l'esprit inquiet doute encore et que la félicité ne peut jamais être
parfaite. Et voilà ce qui torture, le soupçon lancinant, l'insaisissable
pressentiment de la catastrophe et de l'imprécise menace. Comme
une vague odeur de trahison plane sur les serments d'amour, et
l'imprévu des chocs m'a tellement déshabitué de toute foi, que je
fonde aujourd'hui sur les plus subtils indices l'indomptable terreur
des désillusions prochaines. Mon esprit alarmé ne peut se faire aux
vicissitudes de la vie ; les fatales nécessités et les empêchements
invincibles apparaissent à mes yeux comme d'imaginaires obstacles,
qui ne peuvent arrêter mon exclusive et jalouse tendresse, et les

limites du temps ni les bornes de la nature ne peuvent vaincre l'exaltation de mon cœur.

S'il existait dans une âme semblable à la mienne une foi semblable, les promesses d'une vie future ne seraient qu'un leurre. C'est pourquoi je rêve la réalisation de telles appétences dans l'extase des consolantes passivités.

SUGGESTION

Eh bien, non, cette âme existera, car ma volonté la créera par la force d'une invincible et divine suggestion, car elle naîtra du propre dédoublement de mon âme et je la façonnerai par l'effort et la tension de toutes mes facultés créatrices. Dieu n'a pas seulement donné à nos corps le pouvoir de créer des corps semblables : nos âmes ont une égale puissance, mais plus mystérieuse et plus grande, et qui n'agit que par l'influence de la communion spirituelle. — Je la vois cette âme-sœur, elle existe et fatalement s'est dévoilée. Et nos deux esprits confondus dans la douceur des premiers aveux et des révélations pressenties, vont à ce point s'identifier qu'une seule pensée sera nôtre, que les yeux parleront plus clairement que la voix et que du sourire indéfinissable éclatera l'hymne plein de tendresse qui dort dans le secret de nos cœurs.

Oui, cette âme d'élection m'est acquise, et je me glorifie d'une exquise conquête. Tout ce que mon âme contient de bon passera dans cette âme, et l'âme de cette âme fleurira dans la mienne. La communauté des peines semblables et des joies partagées créera — par la simultanéité des sensations — l'intimité parfaite et l'indissoluble accord, contre lequel ne prévaudront ni les orages de la vie ni les attaques du temps.

Et ce rêve évoqué sera éternel ; il palpitera dans l'immensité et rayonnera jusqu'aux étoiles d'or.

Alors nous comprendrons mieux les aspirations de nos cœurs : et les désirs latents de fraternité universelle et d'immense pitié pourront éclore, à la faveur d'une ardente généralisation d'amour. Les classifications des races ne seront plus, les barrières des castes tomberont, et de l'effervescence diffuse des tendresses naîtra le règne de la paix. L'Amour seul accomplira ce miracle imploré, que la résistance ne pourra vaincre et que la force ne saurait avancer d'une heure, ce miracle qui sera la récompense des durs labeurs et qui fera briller sur l'univers l'éclatante aurore de la Vérité.

Mais, en attendant que les temps soient venus de cette éclosion fatale, puisque voici germer dans la nature le renouveau qui la symbolise, je m'immobiliserai dans l'égoïsme de mon amour et dans l'extase des choses. La hantise me poursuit des vieilles idylles charmeuses, un très-antique parfum de rose desséchée flotte dans l'air, et

le chant rythmique des églogues murmure tendrement à mon cœur
de délicieuses réminiscences. J'évoque dans les harmonies suggestives le bois sacré — si cher aux voluptueuses divinités d'Arcadie —
refuge préféré des mystérieuses dryades, où les jeunes bergers
rêvaient d'alanguissantes amours, à la musique distraite de leurs
chalumeaux.

Irons-nous ensemble, chère âme, à la conquête de ce paradis ?
l'âge d'or n'est plus, les temps d'innocence se sont évanouis au souffle
des matérialités positives, mais l'Eden autrefois chanté par les
poètes existe encore pour les âmes sincères ; le bonheur est toujours
en nous, et — si nous méprisons les vaines agitations de la vie pour
nous réfugier dans les subtiles abstractions de nos pensées — nous
saurons retrouver la trace des joies d'antan et le chemin discret qui
mène au pur bonheur. Et ce bonheur sera partout où tu seras, âme
que j'adore ; mais nous le confinerons jalousement dans une solitude
exclusive, car les bruits de la terre l'effraient et le masque des
nécessaires mensonges l'effarouche.

La vallée de Tempé n'est pas un rêve : les gazons ne sont-ils plus
émaillés de boutons d'or et de pâquerettes ? les pâles jacinthes ne
fleurissent-elles plus au bord des ruisseaux pleins d'azur, dans ce

petit bois — si calme et solitaire — où je voudrais t'aimer jusqu'à la mort ?....

Ah, briser toutes les chaînes misérables qui nous rattachent au monde, franchir tous les obstacles, affronter tous les anathèmes, pour ensevelir dans cette retraite l'ivresse mystérieuse de nos cœurs inaccessibles !

ANTAGONISME

DÉGAGÉ des vaines attaches de la chair, mon esprit rêve à de
platoniques amours...

Ah, ridicule étreinte des sens ! je n'ai pas évoqué pendant une
minute le doux engourdissement de mon âme, que l'invincible chair
me reprend — plus impérieuse. La vanité des luttes est manifeste ;
je succombe, prosterné, les mains au ciel, obsédé par de caressan-
tes images, et toute ma volonté se brise, vaincue par la volupté plus
forte. Le fer qui cuirasse mon cœur est rompu par une vision de
languissantes ivresses, et c'est par le seul sourire des yeux que mon
courage d'homme est dompté. — Céder à la chair infâme, quelle
torture ! résister, quelle folie ! Contre l'amour rien ne prévaut : il
fait la stérilité des extases contemplatives, car le crime est de

mépriser les lois de la nature et de vouloir s'affranchir des fatalités nécessaires, puisqu'au bout des folles résistances est l'inévitable défaite.

J'avais — dans un orgueil surhumain — rêvé cette audacieuse folie : supprimer de l'amour les attaches charnelles. Chérir l'être aimé — non pour soi — mais pour lui-même ! Exquise vision d'un idéal qui faisait passer sous mes yeux les pures images des platoniques amants de la légende ! Et je voyais — ébloui — comme un rayon d'or tombant dans les sentiers mélancoliques, le délicat épanouissement des vierges blanches, que nul souffle d'homme n'a fait encore rougir et qui gardent dans la sérénité de leurs cœurs le mystérieux trésor des amours futures. Voir cette aube d'innocence, contempler cette aurore de pureté, respirer le parfum des lys immaculés — et garder cette extase de toute souillure, ne pas briser ce rêve au contact des désillusions de la chair et des bassesses de la vie !

Si le poids de mes remords et l'excès de mes douleurs n'avaient pas — en usant mon âme — desséché toutes les fleurs du bien et tari la source des larmes, je pleurerais amèrement, jusqu'à la mort, la chute de ce rêve et le néant de mes illusions. Le cruel antagonisme de la chair et de l'esprit meurtrit mon cœur, que nul remède ne soulage et que nulle trêve n'endort.

O pur sentiment, qui me versais l'exquise douceur des tendresses idéales ? l'acte humain te brise, qui ne peut être exempt d'intérêt ni dégagé de misères, lui d'où vient le mépris des choses avec la soif des subtiles analyses, lui qui clame l'inconsciente splendeur des brutalités primitives, et par qui triomphe la force aveugle — dans la défaite des illusions, de la volonté et de la foi.

C'est à la faveur de cet antagonisme que le doute s'est insinué dans la forteresse de mon âme, et qu'il a lentement gangréné les irréductibles principes : pareillement à l'insecte invisible dont le travail dévastateur ronge en secret un édifice séculaire, que pulvérise la spontanéité des catastrophes.

L'universelle relativité des essences est une infranchissable barrière pour la recherche de l'absolu : c'est la plus évidente démonstration du néant de nos tentatives, et l'effort frappera toujours en vain dans les espaces vides. — Et, tandis que l'âme s'épuise pour l'abolition des bornes — par la tendance vers l'infini — la chair jalouse se consume dans la limitation des jouissances.

Vivrai-je selon la force des inéluctables matérialités ?...

Refoulerai-je au fond de mon âme les spirituelles voluptés promises ?....

Le cri de la chair exalte l'oubli du rêve dans l'ivresse de la chair. — L'esprit répugne aux sommeils factices comme aux engourdissements artificiels, et l'antagonisme des deux principes crée la passivité des suggestives visions....

III. — PAR LE RÊVE

Le poète rêve dans la nuit.

SOLITUDE

O solitude, abri de mon cœur oppressé,
Toi qui verses l'oubli de tout — si caressé
Par ma fièvre dans les secrètes indolences —
Je m'exile vers la splendeur de tes silences,
Inaccessible à la terreur des lendemains,
Dans un rêve léger je vais — par des chemins
Imprécis — au seuil du royaume où l'on oublie
De vivre, et ma pensée en la mélancolie
Se meurt — comme un parfum meurt — insensiblement...
    C'est là que je pourrai régner, royalement.
Si je veux aux rayons de l'étoile sereine
Mener ma fantaisie ardente qui s'égrène,
Ou la bercer dans les extases, l'horizon
Ne sera plus borné par des murs de prison.

Je boirai dans le pur calice des verveines
L'oubli des maux ; le feu qui dévore mes veines
S'apaisera ; sous les effluves d'un printemps
Mystérieux les doux arômes palpitants,
Evaporés du cœur limpide des corolles,
Viendront me murmurer de mystiques paroles :
Les hymnes de la nuit soupirés par les fleurs
Endormiront dans leur caresse mes douleurs,
Et mon âme sera divine et solitaire,
Car elle aura brisé les chaînes de la terre.

Hélas, si je pouvais ne plus me souvenir,
Ne plus vivre, ne plus regarder l'avenir,
N'être plus moi, quitter le fardeau qui me tue,
Délivrer de mon corps ma pauvre âme abattue,
Et m'envoler — ainsi que les oiseaux des mers —
Loin du gouffre béant des désespoirs amers !

O nuit, sur qui la volupté met son empire,
On dirait qu'en tes bras l'âme du monde expire
Et que ton grand silence est peuplé d'un essaim
De fantômes qui vont se lever dans ton sein.

Les voilà ! ce sont eux dont les âmes dolentes

Vont mêler des soupirs aux caresses des plantes,
Et qui mettront de blancs baisers sur les lilas....
        O frères, comme vous de vivre je suis las :
Dans la chaste sérénité de la genèse
Je veux dormir, je veux rêver tout à mon aise ;
Frères, je tends les bras vers cet exil vainqueur
Qui m'est promis par le murmure de mon cœur
Et que j'invoque pour calmer ma lassitude,
O solitude, abri de mon cœur, solitude !....

CHANT DES ESPRITS INVISIBLES

Sur la fièvre des univers
L'ombre étend ses voiles moroses :
Mais — parmi les étoiles roses —
Les yeux des esprits sont ouverts.

Voici qu'en leurs corselets verts
Sommeillent doucement les roses...
Sur la fièvre des univers
L'ombre étend ses voiles moroses.

Le rythme alanguissant des vers
Sonne le glas des vaines proses,
Tandis qu'un frisson de névroses
Fait passer des souffles d'hivers
Sur la fièvre des univers.

CHANT DES AMOUREUX

O reine de nuit, lumineuse amante
    De l'ombre démente,
Fais germer l'Amour — ô lune d'argent —
    Dans l'air négligent.

Sous nos pas d'azur une hymne s'élance
    Dans le pur silence :
O ma bien-aimée, entends-tu mon cœur
    Qui chante — vainqueur ?

Le frisson de la volupté s'émousse,
    Lorsque sur la mousse
Un vol de baisers glisse, plus léger
    Qu'un chant de berger.

Nous irons cueillir auprès des fontaines
    Les fleurs incertaines
Qui versent l'extase où l'âme s'endort
    Dans un rêve d'or.

CHANT DES AMES DE LA FORÊT

Dans les âmes de la forêt
Palpite un calme salutaire,
Quand l'ombre des nuits apparaît
Dans les âmes de la forêt.
La chanson des fleurs implorait
Le subtil réveil du mystère...
Dans les âmes de la forêt
Palpite un calme salutaire.

Sur les gazons silencieux
Nous cherchons les clartés fidèles
Qui sèment le parfum des cieux
Sur les gazons silencieux.
Ah ! pouvoir lire dans les yeux
Des lancinantes asphodèles !
Sur les gazons silencieux
Nous cherchons les clartés fidèles.

L'âpre volupté des ciels d'or
Verse une langueur monotone
Et l'extase brumeuse endort
L'âpre volupté des ciels d'or.
Les feux ardents de messidor
Font place au doux rêve d'automne...
L'âpre volupté des ciels d'or
Verse une langueur monotone.

EPIGRAPHE

Quand, sur des piliers inconnus,
En un triomphant édifice
J'eus bâti pour le sacrifice
Ton autel — Chimère aux pieds nus —

Quand j'eus, dans l'extase mystique,
Posé ta fleur de royauté
Troublante sur la chasteté
Des marbres blancs du fier portique,

J'ai contemplé le réconfort
Qui germait au fond de mon âme,
Et j'ai senti grandir la flamme
Qui consacrera mon effort.

Sur les frises monumentales
Que caresse l'aile des temps,
J'ai vu les frontons palpitants
Couverts de mystiques pétales ;

J'ai calmé le feu de mon cœur
Dans l'azur des molles fontaines,
Et les ténèbres incertaines
Ont disparu dans l'air vainqueur.

J'ai connu l'ivresse sereine,
J'ai bu le calice enchanté,
Car mon palais d'or est hanté
Par la Fortune souveraine ;

Et les paradis entr'ouverts —
Où passent des ombres d'almées —
Versent leurs effluves rythmées
Sur les triomphants univers.

TABLE

II. — Évolution.

III. — Par le Rêve.

BIBLIOTHÈQUE

Artistique et Littéraire

31, Rue Bonaparte, PARIS

COLLECTION D'ART

Éditée sous le patronage de *La Plume*

ŒUVRES DÉJA PARUES :

1. — **Dédicaces**, poésies, par Paul Verlaine, (portrait de l'auteur dessiné par F.-A. Cazals et gravé par Maurice Baud) tirage à 350 exemplaires numérotés : 50 ex. à 20 fr. ; 50 à 5 fr. ; et 250 à 3 fr........... (*épuisé*).

2. — **A Winter night's dream** (*Le Songe d'une Nuit d'Hiver*) poème lunatique, par Gaston et Jules Couturat, de l'École funambulesque (portrait des auteurs par Raymond Lotthé), tirage à 250 exemplaires numérotés : 25 ex. sur grand Japon à 20 fr. ; 25 sur papier à la forme à 5 fr. et 200 à 3 fr. (*épuisé*).

5

3. — **Albert,** roman, par Louis Dumur,
(portrait de l'auteur gravé en phototypie),
tirage à 500 exemplaires numérotés : 25 ex.
sur grand Japon à 20 fr. et 475 sur simili-
Japon à.............................. 3 fr. »

4. — **Les Cornes du Faune,** poésies, par
Ernest Raynaud, (portrait de l'auteur gravé en phototypie), tirage à 162 exemplaires
numérotés : 12 ex. sur grand Japon à 20 fr.
et 150 sur simili-hollande à.............. 3 fr. »

5. — **Le Fi Bâlouët,** études de mœurs
paysannes, par JacquesRenaud, (portrait
par L. de St-Etienne) tirage à 212 exemplaires numérotés : 12 ex. sur grand Japon
à 20 fr. et 200 ex. sur simili-Japon à..... 3 fr. »

6. — **Les Tourmentes,** poésies, par Fernand
Clerget, (portrait de l'auteur par Raymond
Lotthé) tirage à 162 exemplaires numérotés : 20 ex. sur grand Japon à 20 fr. et 150
sur simili-hollande à.................. 3 fr. »

7. — **Thulé des Brumes,** légende moderne,
par Adolphe Retté, (portrait de l'auteur
gravé à l'eau-forte par H.-E. Meyer) tirage
à 312 exemplaires numérotés : 12 ex. sur
grand Japon à 20 fr. et 300 ex. sur simili-
Japon à.............................. 3 fr. »

8. — **Quand les Violons sont partis,** poésies, par Edouard Dubus, (portrait de
l'auteur par Maurice Baud), tirage à 162
exemplaires numérotés : 12 ex. sur grand
Japon à 20 fr. et 150 ex. sur simili-hollande à 3 fr. »

9. — **La Vie sans lutte,** nouvelles, par Jean Jullien, (portrait de l'auteur par Maximilien Luce) tirage à 262 exemplaires numérotés : 12 sur grand Japon à 20 fr. avec double portrait par Luce), et 250 ex. sur simili-japon à.............................. 3 fr. »

10. — **La Passante,** roman d'une âme, par Adrien Remacle, (frontispice à l'eau-forte par Odilon Redon), tirage à 420 exemplaires numérotés : 20 sur grand Japon à 20 fr. et 400 ex. sur simili-hollande à.... 3 fr. »

11. — **L'Altière Confession,** proses, par William Vogt, (portrait de l'auteur gravé à la pointe sèche par Marcelin Desboutin) tirage à 262 exemplaires numérotés : 12 sur grand Japon à 20 fr. et 250 sur simili-japon à.............................. 3 fr. »

12. — **Les Baisers morts,** poésies, par Paul Vérola, (frontispice à l'eau-forte par Félicien Rops), tirage à 262 ex. numérotés : 12 ex. sur Japon (avec double état du frontispice) à 20 fr. et 250 ex. simili-hollande à 3 fr. »

(Cette collection se continue par un volume nouveau chaque trimestre. Tous les exemplaires sont numérotés. L'édition ne sera jamais réimprimée).

ANNEXE A LA BIBLIOTHÈQUE

Paradoxe sur l'Amour, étude en prose par
Adolphe Retté (frontispice à l'eau-forte par
H.-E. Meyer), une plaquette de luxe tirée
à 150 ex. numérotés : **4 ex.** sur hollande,
à grandes marges (épuisés) et 146 ex.
simili-hollande à...................... 2 fr. »

La Lutte Idéale (*Les Soirs de La Plume*)
par Léon Maillard, préface d'Aurélien
Scholl, cent portraits divers par Argus,
Albert Brière, Paul Balluriau, Émile Bour-
delle, F.-A. Cazals, Chide-Albert, Fernand
Fau, Heidbrinck, Léon Lebègue, Jules
Ollivier, E. Rousseau, Alexandre Séon,
A. Trachsel et Robert Vallin, un volume
in-18 à............................... 2 fr. »
Il a été tiré de cet ouvrage, 10 ex. sur Ja-
pon à................................. 12 fr. »

Chansons de Joseph Canqueteau, préface
d'Aurélien Scholl, couverture en couleurs
de Gaston Noury, dessins dans le texte
et hors texte, de Fernand Fau, Léon Lebègue et Gaston Noury, un beau volume
in-18 sur simili-hollande à.............. 3 fr. »
Il a été tiré de cet ouvrage 20 ex. grand
papier Japon à 10 fr. l'ex. avec une pointe-sèche de Henri Boutet (planche détruite).

La Marmite enchantée, comédie en 1 acte,
en vers, par Léon Durocher.............. 1 fr. »

Premières Poésies (*Ce qui renaît toujours, Poésies Nouvelles*) par Jean Carrère, un vol in-18 .... 3 fr. »

Il a été tiré de ce volume 15 ex. sur hollande, avec une pointe-sèche en double état de Léon Lebègue, planche détruite après tirage. Chaque vol. .... 12 fr. »

Pa-Hos et Zu'ella, légende en vers, par Gabriel Martin, tirage :

     503 ex. sur hollande à........ 3 fr. »
     101 ex. sur Wathman........ 10 fr. »
     50 ex. sur Japon............ 20 fr. »
     1 ex. sur Parchemin........ 150 fr. »

Bréviaire du Cœur, poésies par Aristide Estienne, préface de Léon Deschamps, frontispice de Andhré des Gachons, tirage à 254 ex. : 4 sur grand Japon (épuisé) et 250 sur simili-hollande à............. 3 fr. »

Notes pour demain :

1. — *Andhré des Gachons*, par Léon Maillard, J.-L. Croze, et Marcel Blanchedieu, 1 plaquette de luxe avec trois compositions de Andhré des Gachons et un portrait en phototypie......... .... 2 fr. »

2. — *H.-G. Ibels*, par Charles Saunier, 1 plaquette de luxe avec 7 dessins de Ibels et un portrait par H. Toulouse-Lautrec... 2 fr. »

Il a été tiré de cet ouvrage 15 ex. sur Japon à grandes marges, avec un dessin *original* encarté, au prix de .... 20 fr. »

Collections de LA PLUME: chaque vol.. 20 fr. »

Tome I *(année 1889)*, un beau vol. broché (186 pages) contenant des dessins de G. Auriol, Caran d'Ache, Fernand Fau, Fraipont, Henriot, Léon Lefebvre, Paul Léonnec, R. Lotthé, Luque. Edouard Manet, H. Rivière, Robida, Uzès, Ad. Willette, etc.

Tome II *(année 1890)*. un vol. (266 p.) illustré par (v. noms ci-dessus et) F. l'Anglois, F. Besnier, A.-F. Cazals, A. Descaves, V. Meurin, Gaston Noury, Emmanuel Rousseau, Mesplès, Alcide Sauvaire, etc.

Tome III *(année 1891)* un vol. (484 p.) illustré par (v. noms ci-dessus et) A. Bouvenne, Cham, Jules Chéret, F. Courboin, Dantan, Maurice Denis, Dubois-Pillet, Paul Gauguin, Ch. Gautier, A. Gill, Grandjean, E. Hébert, Lautrec, Luce, E.-H. Meyer, Lucien Pissarro, G. Seurat, Paul Signac, Steinlein, Albert C. Sterner, etc.

Tome IV *(année 1892)*, un vol. (536 p.) illustré par (v. noms ci-dessus et) H.-G. Ibels, Alphonse Germain, Andhré des Gachons, Alexandre Charpentier, Trachsel, Maurice Baud, Léon Lebègue, Heidbrinck, Paul Balluriau, Henri de Groux, Charles Cain, Louise Abbéma, Jules Benoît-Lévy, J. Wagrez, E. Dardoize, F. Cormon, Myrbach, Ségé, etc. (Le frontispice de ce vol. est une pointe-sèche de Henri Boutet).

DESSINS ORIGINAUX ET ÉPREUVES

Henry de Groux. — *Le Christ aux Outrages*, épreuve sur Japon, grandes marges, du célèbre tableau acquis par la cathédrale de Senlis (tirage à 25 ex.).................... 5 fr. »

Charles Caïn. — Frontispice au tome III de *La Plume* (eau-forte) avec vers autographiés de Paul Verlaine, tirage à 25 ex. sur Hollande grandes marges....................... 3 fr. »

Alexandre Séon. — *Soir d'Eté*, tirage à 12 ex. sur japon laminé à.................. 2 fr. 20

Paul Balluriau. — *Juges et Victimes*, épreuve sur chine, tirage à 12 ex............... 2 fr. »

Félix Régamey. — *Le Paoais des Poètes à Tokio*, belle épreuve sur papier fort, (grand. de la pl. 14 $\times$ 23).................... 2 fr. »

Camille Pissarro. — *Débardeurs*, épreuve sur Chine............................ 1 fr. 50

Maximilien Luce. — *Capital et Travail*, épreuce sur Chine....................... 1 fr. 50

H.-G. Ibels. — Trois *Aquarelles* originales, sur Papier Japon, chaque. 20 fr. »
  do   *La Bonne Dame*, eau-forte, épreuve signée............ 3 fr. 50
  do   *Entendu*, épreuve sur Chine signée.................... 1 fr. 50

ANNONAY. — IMP. J. ROYER.